孤　帆

一个行者的心迹

于承惠　著

当代世界出版社
THE CONTEMPORARY WORLD PRESS

啃定"破书"

大觉悟被时代唤醒
新思想
由远古复苏……

咬死"断剑"

根基在血中蔓延
光明
于雨中沉淀……
野小子　行程万万
谁敢　筋骨偷懒？

——承惠心语

于承惠先生书法作品——《天地人和》

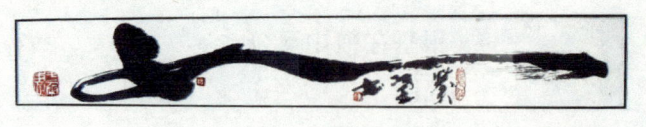

于承惠先生书法作品——《如意》

于承惠先生创作书法作品《精气神》过程中

前言

于承惠先生曾经说过:"人就是一本书,由心法和身法两部分组成。心法包括心理的判断,身法包括内劲的判断,每个人都需要读懂自身这本书。"

于承惠先生生前曾多次修稿,然本书出版之前仍有部分内容尚未定稿。为完成于承惠先生的夙愿,现最大程度保持原稿风貌后将此书整理出版,以飨读者。

本书收录了一九七五年至二〇一〇年间于承惠先生在生活、工作中,触景生情、有感而发所记写的诗词、楹联、散文。本书分为四个篇章:《武学篇》《文艺篇》《楹联篇》《对话篇》。其中《武学篇》集中展现了于承惠先生在穷思剑理、冥思剑道时的灵感所得和心境变迁,亦蕴含其对于武术身法学内涵的深刻理解。通过他精湛的武技与美学思想的浑然天成去感受其流于剑端、行于身间的浩然正气。《文艺篇》和《楹联篇》既流露出于承惠先生对内心信念的坚定不移和"人生之苦纵然多，无此何以勤奋"的矢志不渝，也展现出其宽广的胸襟和高古的气质，以及对生命意义不断求索的执着。《对话篇》呈现了于承惠先生以"粗粮"为名，在其独与"宇宙精神"往来的情怀与信仰中发起的对整个人类和社会的思考与求知。

出版本书，一是希望通过文学内容及其创作背景展现于承惠先生在武学、美学、哲思方面的心路历程和人生追求，帮助读者对一位备受尊崇的武学家建立起更加全面、立体的认识，从字里行间感悟于承惠先生心法中所流露出的"侠之精神"。二是想借此传递其内在的诗情画意和独到的美学思想，让读者了解于承惠先生不仅是一位醉心于剑文化的武者，还是一位善于剖析自然、社会和人生的悟者，更是一位秉持博大的人生观念且始终游走在多学科交叉领域的行者。

"天地有正气，乾坤藏道义。"冥冥之中我们似乎也同于承惠先生一起重新阅读自身这本书，在心法和身法中感悟人类生命的终极意义……

壬寅年冬月

王博远记于北京

目录

武学篇

002 悟剑篇
004 双手剑特点与演练要诀歌
006 双手剑二十法
008 大道若隐
010 双手剑单练套路行功歌
014 庭前赋
016 吾法天地去问古
019 体育的逻辑·功夫的真言

文艺篇

024 苍天要我等待
026 上路
028 出关
030 寄情思乡
032 答知音
034 出征
035 第一课
037 魂祭东归
038 东归汉子的向往

040　镜子中的陀螺

042　化石

044　祈年殿前的背影

046　赶路

048　于承惠的"痴人痴语"

050　大河的心法

052　多元的未来

053　浮想三篇

056　大形归隐而去·灵性长存不朽

058　谢谢了——石化人

060　情感与较量

062　求道

064　书法·武学·韵律

067　临界

070　扁舟远去……

071　天诏

072　无题打油

074　寄语十二生肖

076　断碑·残碣

078　品味

079　心愿与设计

080　天渊无痕

082　诗人与诗（一）

084　药·奢侈中的奢侈

086　读读自我

088　不完美·上帝的成功

090　因果·传承·说

092　诗人与诗（二）

094　最美的永远是明天

096　诗人与诗（三）

098　信条

099　骗子的敏感·解

100　反差

101　不忘·队长

103　驾驭·彼岸

106　西北情

107　状态·创意·逻辑

110　风

111　格

112　刑天祭

114　源泉

115　信步"浴古山间"

116　时光的记忆

117　是谁在笑

118　无题

119　草堂小祭

120　本然是我·我是本然

122　道授机宜

123　信仰·潮

125　叹七剑

126　解惑之道——君，臣，师

127　今日晴天·小风三级

128　命运的眷顾

129　袭真

130　品茶

131　俏九邦

132　如此情投

133　家当

134　中秋

135　丁亥立鼎

136　石头

137　圣坛

138　回眸

139   收山

140   梦游

141   符号的价值·审美的赌博

147   识《锺馗》

楹联篇

150   "信"与"仰"时光无欺

151   中国年

152   《换岁》经曰:《否去泰来》

对话篇

168   幸运的邂逅·超越时空的交流

后记

183   后记

武学篇

悟剑篇

近子夜悟剑义尚未融通，
霍然起令笔录以络在胸；
霎时间狂飙作大雨暴倾，
电相击雷相争苍天裂缝。
意境中一小虫惊驰林中，
挥全力运巨斧与天搏命；
劈雨雾斩障碍欲寻归踪，
遇顽敌相争斗何等亡命。
串草丛跃枝空巧运虚灵，
伤其先防其后早有挪腾；
"反云顶""大捕蝉"力取当中，
"套玉环"剖肝胆余怒未松。
耐天时奔前程驰破长风，
跨雨雾驾雷电"天马行空"。

——当此际，展高峰——

——飞笔林中寒光影——

"谱"入"螳螂串林"中。

人道是剑应当飞龙舞凤，

此一曲却乃是雷电相争；

欲成功先脱俗双握长锋，

归其意纳其法"搏"字一统。

风欲静雨已停心亦澄清，

感天公谢上苍助我神明；

想将来尊使令穷探妙境，

看无限好风光都在险峰。

一九七五年九月十五日凌晨五时于电闪雷
鸣的尾声中结束了"双手剑""螳螂串林"
动作风格构思……为纪念这个不凡的雨夜
而作。

双手剑特点与演练要诀歌
（剑论）

天生人臂关节三，手执长锋四节添。

君若习练双手剑，先过手中一大关。

双握分清主与辅，转换灵活求自然。

唯有执剑能习惯，方法才能得施展。

巧运剑法二十全，尚须留意腰步间。

锉步骤发快无隙，疾摧剑到生凶险。

震步连环腰力添，风卷霹雳挟闪电。

沉步碰步转林步，俱与剑法亲无间。

架小步活双握剑，虚灵转换有方便。

步中法与手中关，腰中螺旋把"劲儿"连。

拧腰活膀展身法，提膀压膀滑而坚。

擎首晃膀有躲闪，法度有规勿过偏。

侧身调膀身外探，能弥双手难放远。

偶有一剑撒手单，欲使凶锋触天边。

此形此体双手剑，唯有鹰眼把神传。

一眼六步度其法，五膀四节量自然。

轻而不浮求一快，重而不滞"劲儿"内传。

快而勿乱法亦清，缓而勿懈伺机关。

吞吐自如刚柔兼，须与气分共钻研。

精神充沛气浩然，功力纯正邪勿掺。

不偏不倚不求形，但求方法是本源。

追其手眼身步法，当是依法最为先。

究之精神气力功，便有"纯"字能为天！

一九七九年六月于宁夏

双手剑二十法

抽、带、云、抹、提，

点、崩、撩、刺、击，

绞、截、斩、格、劈，

挑、拨、挂、锉、洗。

二十法要义歌诀

双手长剑三尺三，法有二十多变幻。

循规得法勤无间，定能层层破难关。

抽：凶锋抽动只一闪，消息就在腰肘盘。

带：长刃带过狠而快，攻守俱在一回转。

云：腰手牵动云已过，常与反攻势相连。

抹：抹取脖腹腰肋间，须用身法把劲传。

提：双手一提遮半身，贵在争锋一瞬间。

点：点中带挑人难识，欲奔颈脉刃须偏。

崩：崩动宜猛又宜偏，更要捎取臂和腕。

撩：撩取腋下并身前，双手合力不要单。

刺：刺如长针使不弯，凶锋一线意要全。

击：抖动击出脆而快，恰似扬手甩大鞭。

绞：绞取敌腕实中虚，扬手剑落是本愿。

截：巧截来踪意在先，妙手回锋惊人胆。

斩：斩取脖颈令人寒，法中有锉方呈险。

格：格中有闪行一偏，撒手一攻不费难。

劈：力劈头面并双肩，腰手并用势要坚。

挑：挑如闪电划破天，又似蜻蜓把水点。

拨：拨法多用下盘间，夺机回锋贵一先。

挂：来锋挂出身已到，扬手一剑至人前。

锉：利刃一锉只几寸，此法专奔筋脉关。

洗：洗字当是柔克刚，虚灵一转早奉还。

以上剑法二十全，朝夕磨练勿畏艰。

习至炉火纯青日，轨迹处处皆有剑。

一九七九年夏月于宁夏

大道若隐

（一）

乾坤不息常健运，

诸道永无第一人；

偶临绝顶疑无路，

返朴归真见弥深；

索至玄微仍未尽，

通幽方觉智囊贫；

豁然心君得感悟，

让你回到最根本；

不是大道总迷离，

只缘别有一乾坤；

人人既是"小宇宙"，

不能"亲证"怎见真。

（二）

千里之行足下勤，

筑基之处最难寻；

洁流尚须澄其源，

溯本更要拴住真；

一旦起步即是错，

越行越远枉费神；

不如凡心上大路，

驱云排雾荡风尘；

水到渠成功做满，

自有灵根点迷津；

教你层层识大囊，

于无形处取真因。

一九九〇年元月二日登千佛山顶有感……时正在组织"论文腹稿"，阅读"老三论"悟得"人与自然的统一与和谐"乃古往今来之永恒课题，思及自身专业有感而作。

双手剑单练套路行功歌

起手一剑祭苍茫，再施精诚礼万方；

并非旧仪我独有，愿把阴阳也调当；

卧身涧底守我疆，神龙出水射青光；

狭路争锋互不让，披身六剑柔中刚；

伺机发动疾下势，下截上撩攻亦防；

吞身格刺逸代劳，夺机取腕锉肋旁；

移步拨带指咽喉，右翻左飞法不让；

下步闪身形似退，凶锋一过弑背项；

丹田激荡横击出，转身下步崩力强；

抽身游走护软肋，偏闪之中已登堂；

果老驾驴邪上斜，锋旋翅底必呈强；

提步闪转行左右，伺机骤发弹弓张；

行进勿丢防和攻，金翼旋窝定中央；

仙童提炉闪身进，釜底抽薪顶要藏；

下步崩挂形宜隐，探身点挑突锋芒；

身起身落拨与挂，力贯凶锋自难防；

削斩回转反手带，双足一碰刺也长；

绕步剪腕格中点，吞身调膀断喉囊；

怀中抱月横破竖，蜻蜓点水方套方；

一步转林疾下势，把法流畅劲路苍；

右顾左盼有提撩，举手之间弦已张；

催步追风携七剑，回身长刺分阴阳；

绕步剪腕瞻前后，进退之中撒剑光；

挟风携电势宜垒，天马横空踏月亮；

青龙回涧护神尾，一轮剑气守大疆！

小小剑技操演毕，天地人情总毋忘；

神形俱回现时中，何去何从任尔量。

这是一首针对"双手剑"单练套路的每个动作所写的诗（歌诀），它不但可以使修练者牢记套路的动作，同时也能生动而形象地启发练习者自觉地攀登一种新境界，即当师傅年老体衰不能再现时，学习者依然可以照歌诀中的启示去无止境地追求。这些歌诀只有用心练习过的文化人才有可能领悟。武术文化中这一特有的现象与历代统治者惧怕和禁止民间习武不无关系，同时也可以看出许多武术的技法在民间也隐秘相守、从不轻传……

一九九五年五月于北京

于承惠先生书法作品——《一轮剑气守大疆》

庭前赋
（二首）

得"法"应不懈

"闻鸡起舞"堂前，

用功不敢怠慢；

刻刻培植根基，

法法理通本源；

渠成内外合一，

神形自然相贯；

当能体察细微，

让尔"收手"也难。

有"情"亦有"景"

双手长剑舞庭前，

天人合一敬在先；

不为哗众倡迷信，

只缘都在"法"中间；

看是只身弄光景，

却有"相知""情"中伴（假想敌）；

千"着"游刃"法"中求，

一点灵气通自然；

果能识破往来趣，

无形之处有真传。

一九九五年为拍摄"双手剑"教学片在农历芒种节深
夜于天坛"圜丘"之上演练"双手剑"有感而作。

一九九五年于北京

吾法天地去问古

（一）

修身门径众万千，
须用真知来鉴选；
若能溯本去求源，
何必万法都数遍。

（二）

一动之法颇简单，
空灵内转妙难言；
有朝贯通太极链，
一举一动握真栓。

（三）

后天之动先天传，
先天之动证自然；
明此臻理已近圣，
一动之中万法显。

（四）

我于天地祈"丰年"，
焉有痴心去等闲；
唯求一梦能如愿，
"卫生"原本属自然。

一九九八年夏月于二龙山蜘蛛岛

于承惠先生拍摄《剑痴》期间

体育的逻辑·功夫的真言

不察内劲之灵根，

举手已无本真；

未明太极之玄奥，

投足便失诀窍。

智者因之而勤工铸范；

圣人于是乎退守毫间。

古人说：千里之行始于足下；

今人曰：终身体育就在身边。

在人体运动学中，有一种能使身体十分协
调的特殊训练，这就是武术运动中的内劲
培养，它只是用科学的方法，去顺应人体
运动的自然规律，然而至今这一观念和方
法尚鲜为人知。思之有感并痛心于此，故
殷殷记于北苑草堂。

辛巳春月

文艺篇

于承惠先生创作书法作品过程中

于承惠先生书法作品《书》

23

苍天要我等待
（二首）

（一）

阴霾一时蔽日月，

自吟天底尽暗；

岂知宇寰永存，

穹苍无限，

任尔风云变幻！

谷菜有时，

花木有令；

阴霾虽毒，

何奈苍天！

（二）

自从恶云①起东山，

一怒仗剑走银川；

只待风卷残云尽，

解衣藏剑敬天泉②。

一九七八年因工作调动在人事方面
发生了"故障"，自己也无法长期
等待一个不怎么着边际的决定。于
是就决定"自我充军"——先去宁
夏干起来。如果单位真想聘用我，
不会因我在熟悉着专业而不用我；
若不想用我，就是等上十年也没用。
此二首取意于去宁夏之前的心境。

一九七八年于济南

---

①恶云：不好的运气。
②天泉：泉城济南。

上 路
（四首）

（一）

昨于泉城送夕阳，
今观红日会大江；
岂是老宅不可爱，
只叹如意非故乡①。

（二）

车轮滚滚奔江天，
心已悟透闯业艰；
鸿雁②若有凌云志，
我愿肝胆照银川。

（三）

武学探微鲜成秀，
鬓染轻霜志未酬；
曾困滩头难抒力，
一朝入海不回头。

（四）

"学非所用"翼难张，
"归口"能把风雷翔；
旧途新路振铁翅，
神州大地拓业疆。

一九七九年元月十八日下沪，代表宁夏武术队参加全
国武术教练员会议。车厢中十分拥挤，在过道上站了
十二小时，两餐饭没能吃上，心中有所感触，取句途
中心境。

记于上海市体育宫

---

①如意非故乡：自己的事业在故乡并不如意。
②鸿雁：宁夏武术队教练蒋鸿雁先生，此处有双关之意。

出关

龙卷长风驰荒川，

只见尘沙不见烟；

偶有散马啃枯草，

更鲜羊群缀莽原；

遥遥千里脚下过，

不尽绵绵大青山。

冷眼身旁三尺剑，

"充军"结伴去阳关;

今日纵横经此途，

欲却平生宿中愿;

即是此举非成志，

也贯浩气冲九天。

一九七九年四月十八日，踏上了北京至银川的西
去列车。出了张家口，便是连绵不断的大青山脉，
越向西行越是荒凉。当时是个"青黄不接"的季节，
卧铺车厢中旅客寥寥无几，找个"无人区"坐下，
一路都会清静……剑竖在床前，眼望着窗外，一
种凄凉之感油然而生。转念一想，这又是一条事
业上的必经之路，于是造句于途中。

寄情思乡
（三首）

（一）

桥下黄水留步，
听我叙衷怀：
此去遥遥山东，
且将深情载——
而今已近银川塞，
妻儿莫挂怀。

一九七九年四月十八日，
在去宁夏银川的路上，车
过黄河大桥时记于途中。

（二）

残冬初尽风沙烈，——来时
艳春四月降白雪。——现时
此行西夏何日归？——何时
须待秋风卷落叶。——归时

阴历四月、阳历六月，因西北地区高寒，
银川市下了一场雪，次日晨起时，贺兰
山顶已经茫茫一片雪色。因思念家乡，
触景生情记句于体工队宿舍中。

（三）

淡淡霜晨月，

又自东方归。

古道泉城边，

可把乡楼窥。

家中妻与女，

可曾得安睡？

今去传情意，

明日等你回！

一九七九年夏末某
日，出早操时，成句
在田径场上，记于体
工队宿舍。

答知音
（清平乐）

天机①相认，

足慰雁失群②；

人生之苦纵然多，

无此何以勤奋！

今朝幸逢知音，

异处③同征浮云④；

他日武坛艳春，

何惜雪染发鬓！

---

①天机：天赐良机。
②雁失群：自己在事业上多年来都是"孤身奋战"，像是失群的孤雁。
③异处：不同的工作环境、不同的岗位。
④浮云：武术事业发展中的时弊。

一九七九年三月，我与蒋鸿雁①教练带宁夏武术队回银川时路过上海，在体育宫巧遇蔡龙云先生，先生鼓励我考上体研究生②，并邀我去上海体院为一部分武术系老师上了两堂武术教学课（醉剑）。此间结识了久已慕名的邱丕相先生，他与我同年同乡又一见如故。我们促膝畅谈对武术运动的见解和这一事业的发展前景，可谓"年纪相当，所见略同"，彼此很快结成了人格与文化上的至交。他送我一本当时体院的翻译教材——《运动生物力学》，还是个粗糙的油印本——以鼓励我报考蔡老师的研究生，并十分希望我们能够"同窗"。这件事后来因我的年龄问题没有成功（见注②），尽管"经历"已经使我把一切"不成功"都能当作一阵可以后续的轻烟，并挡不住对事业的登攀（其实就是求知），但是萍水遇知音的那种畅酣之情、那种切切真意却能让我品铭终生。报研失败后，邱寄来了一封信，十分遗憾事情阴差阳错，并随信抄寄了杜甫的"梅花"诗一首，以鼓励我不要受困于逆境的挫折。《答知音》就是于复信时的心境中成稿的，且随信邮去了一份以作答。

一九七九年夏于银川

---

①蒋鸿雁：时任宁夏回族自治区武术队教练，全国优秀武术运动员之一，后升为高级教练、总教练。曾培养了许多优秀武术运动员和优秀学生。以形意见长，"十大形"一代传人。为应对比赛也兼长于各种拳术兵器。
②鼓励我报考上体研究生：先生在体育宫与我一碰面就问："咳——听说你想考研究生？""现在已经不想了，因我超龄了。"我接着回答。他说："咳！你报名单上来，通考必须过关。再有就是你来了我就不想放你走。到时候家属调不进上海市怎么办？"我说："那就调苏州了。""好！那就准备功课报名吧。"他干脆地说。但是几个月后报名才开始，我报得比较晚，其间蔡老师还疑惑怎么没见我的报名单，以为我"变卦"了，就出差去了贵州，回来时我的报名单早已被退回。这就是那个"阴差阳错"了。但蔡老师的伯乐精神却在我心中生了根。

出征

已经严冬酷暑，
养精蓄锐亦足；
此行东征秋色，
豪杰决一胜负。

一九七九年八月于宁夏
武术队参加第四届全运
会的全体队员临行前，
为其写下的饯行词。

第一课
（追着那个"流浪的学者"）

唱着自编的歌，

走进自己的生活；

放下虚幻的冠冕，

扑向原本的我；

在成功的废墟上，

开始辉煌的第一课。

驰驱在别人设计的棋格上，

生命的意义失缺的太多；

即或杀胜全局，

也不是想要的结果。

我择路逃脱，

但不是失落；

我浪迹江河，

却不是漂泊；

我向世人请教，

他们充实了我。

唱起自编的歌，

闯荡自己的生活；

放下虚幻的一切，

扑向原本的我；

在那成功的废墟上，

开始我辉煌的第一课；

那是个彻底的开始，

但是有光明照着希望。

每个生命，在这个世界上的追
求，是不尽相同的。人在社会中
要有个自己的"位置"，也许会
经常变换位置，对这一位置的思
考，使我冥冥中便有了自我选择
的决心。

一九九二年元月二十一日于济南

魂祭东归①

这是一座新坟，

祭葬着东去的人；

后来的弟兄哟，

请带上我的向往；

奔向启明星的宿地，

太阳升起的东方。

我的血，洒在东归路上，

我的魂，已飞往渥巴锡汗的马上，

后来的弟兄哟，义无反顾地去吧，

那是启明星的宿地，

太阳升起的东方。

一九九三年十月于库车

①《魂祭东归》与《东归汉子的向往》二首为
电影《东归英雄传》没有使用的歌词。

东归汉子的向往

没踏过

　　故乡嫩绿的草地

没吹过

　　故乡自由的风

返回

　　祖先生息的东方

　　　　迎着曙光

我

　纵马驰骋

　　纵马驰骋

一九九三年十月于库车

于承惠先生在电影《东归英雄传》中的影视形象

我策划、编剧、组织、设计并出演了影片《东归英雄传》。配歌曲前，
导演请我作词。因在影片整个制作过程中感受颇深，便一夜之间
信手拈来。（后听说是因译成蒙语唱起来有难度，于是就没有使用。）

镜子中的陀螺

……似乎是大漠风尘，

平添了他些异彩。

又像是蹉跎岁月，

增加了他的活力。

很想问问他，他却反问我：

"你看——'黄金时代'是否我已经错过？"

我回答："是的，你老了许多，

像个铁器时代的陀螺。"

"那你该了解铁性了？"

我即刻想到了"铁锈"，听到的却是：

"君不闻千般柔韧火里锻，

一点灵气水中来？

与惰性做朋友，

再好的铁也会烂掉。"

此时我似乎又感到了铁的锐气和锋利，

那是祥和之中流露出的，

一种特别的坚毅。

人们常爱将人生分作金、银、铜、铁、锡等"每况愈下"的几个"段落"，这未尝不可，但是我却认为，只要你有长远规划，只要你不痴呆，生命的每个阶段都会有个很好的"设计"。但要完成这个设计，须知道每个人的成功都离不开老、中、青、少四代人的努力。这是文化传承所必需的，否则只会造成文化中的某些断裂现象，不可能培养出全面发展的复合型人才，而使"一代更比一代出类拔萃"的希望落空。如此看来，金、银、铜、铁、锡的分段是世俗之见，每况愈下可以休矣，因为人的素质全面提高之后，可以把每个不同时期的自我派上更加适当的用场。

《镜子中的陀螺》记于山海关桥梁厂招待所。白天于"长寿山"上拍了一天的动作，而且蹿山跳涧，十分辛苦，夜间心有所感，乘兴抒之。

一九九五年五月于北京

化石

……在一个

未知的时日，

我有幸

寻到了祖先的化石：

他们历尽沧桑

依然气宇轩昂；

他们对我亲近

却又不屑一望。

脸上挂着

抑郁的笑容，

眼光却在

审视着远方……

凄然中我似是听到：

"……我已经走过了千万代……

不知道时光还会把我变成什么……

孩子，以人类的真诚去寻求吧！

天地才是你唯一的父母，

大道乃它行为的度量。

正义与诚信，

铸就了

它那不变的灵魂和脊梁……"

——这声音来自遥远的肺腑，

有点儿单调、有点儿重复，

却是异口同声，

如颂如唱。

于是我又一次进入了

深深的冥想。

滚热的心田里升起了

一丝悲凉，

一丝惆怅，

还有一丝

光明伴随着的希望。

一九九九年五月于北苑草堂

祈年殿前的背影
（一个独行者的发问）

他从远处来，
自私到只一个人。
没有人知道他来干什么，
更不知道他在想什么，
他总是用行为去告诉别人，
一个又一个结果。
他与每个万物之灵一样，
也是从零点走向终极，
他认为每个人都死定了，
而生也不能选择……

我正寻思着，慢慢地，
他转过身来，望着我；
似乎在说：既然生与死，
俱不能把握，
那么，
走向死亡的路何不自己选择？

——一个独行者的心音，

一声千古不变的发问！

此时他的眼光像是燃着的火，

那光芒异常的剧烈，

直到过了很久，

那声苍凉的发问，

还在震颤着我。

我与一些在"学问"的前沿探索着的人交谈过，
他们常为自己做的"蠢事情"不为社会、朋友、
亲人所理解而深感苦恼……这首淡淡的小诗算
是我奉献给他们的一件"心中的礼物"，希望
他们能小心翼翼地把它收下。
一九九五年农历芒种节前，我为拍摄一套"人
文片"的序篇《大河心法——剑痴》，去天坛
采景心有所感，而记于工作室中。

一九九五年六月二日于北京

赶路

一件事做完了，
他又远去了！
他想停下来然而不能，
还有更难的事需要去做。
刚刚结束的辛苦，又弃于脑后，
他"健步"在长长的"神道"上，
似乎又走进了人生的长河……
有一个声音像在对他说——
喂！赶路的人，你可听过：
披挂上满身的风月，
踏破了一路的霜雪——
这就是你能得到的
全部收获？
他茫然了，看了看远处，笑了笑。

一九九五年农历芒种节，在天坛拍摄了一个通宵的双手剑动作。至天明时，又在"神道"上拍摄"行走"的镜头。一夜劳累，人困马乏，体力已消耗很大。当大步走上"神道"时，已经双腿发软，"飘飘若仙"了，但机器还在拍着，我不能停下。那条路线很长，像是走不完，觉得自己像是个"机器"，一直走出了很远，都快睡着了，似乎是在下意识地走、下意识地想，于是就有了诗中的感觉和想象。

一九九五年六月五日于北京

于承惠的"痴人痴语"
《大河心法》片头语

我逢人便问："你知道蒲公英吗？"答曰："不就是野地里那种一吹就满天飞的小草吗？"于是我豁然明白：人都有过美妙的梦想，它大过宇宙，大过自我，它漫无边际。梦想越来越多，相比之下，人，却越来越少。

为了解自己原本的无知，我才更需要一种方法，一种力度，一种特别的执着。

一把无形的剑横在我的心底，它剖析着我、剖析着社会，也剖析着整个人生。它的指令很简单：求索，但要用人的智慧！如是，我便有了人的人格！

书可读，剑尤可读……
心可读，行为更可读……

一九九五年六月于北京

于承惠先生为拍摄《剑痴》取景于山海关

大河的心法
（我真的去看过黄河）

每年"芒种"季节我都要去看"水"，当我
真正感受了从生灵到大地，一切美好都是由
水而生时，对黄河便更起一种敬意。
这时，我已四十有几。

我曾笑过黄河，笑她浑浊不清、笑她泥沙俱
下……后来我才知道，是一番"业绩"才使
她不惜把自己搅得面目全非，而一旦"安静"
下来澄清之后……依然是"茶道"最好的水——
她有着自我净化的"至难境界"。

我还笑过她，笑她旱季龟裂的河床、老年痴
呆的模样……然而，当我反思雪山的涓涓细
流、壶口的磅礴水势、黄土的千沟万壑以及
大水过后的一片生机时，我似乎理解了这位
老人家——她正在等待着后继者到来时所掀
起的又一次一往无前的冲击和宣泄。

我去寻找过，寻找过黄河的"大门"……看

到的却是她将无比广阔的胸怀无私地拥进
了大海……我忽然感到天下的河流只有黄
河能与海"斗"，只有黄河敢"吃"海——
每年十三华里填海造地证明了在百折不回
的韧性竞技中她是头等。我同时还感到黄
河的"大门"历来是开着的——冲向大海
的大河文化与多元的世界文化经过摩擦、
碰撞、熬炼之后，各自的"精英"依然会
升华成纯净的云气，再去寻找到各自的"山
头"，再开始一次生命的冲击……这便是
大河文化在我心中所展现的魂魄——一种
至高至远的品格……此时，我蓦然回首，
黄河落日，忽有汗颜羞惭之感，崇敬之情
油然而生，因为我看到了霞，似乎看到了
大河的"精英"——披着彩虹的衣裳，伴着
鲜红的太阳……她远在天边，居高而临下……

一九九五年六月于北京

多元的未来
（出生在海边）

我从大海边走来，

对大河有着格外一番情怀……

我又从先民的大河走来，

对多元的大海充满着求知的膜拜。

我，憧憬着——

憧憬着多元文化的闪光与和谐，

我祝愿它——

祝愿它支撑起文化辉煌的未来。

一九九五年九月二十三日于加拿大温哥华

浮想三篇

（一）看准了再行动

芸芸众生似乎都在"抢"——
"钱"！
只有抢到手才感到生命的强悍，
然而你要的究竟是什么？
用点儿心思想想看。
人们的乐土有万千，
可知要认真核算？
恰恰是多元的需求，
才能有和谐的一元。

（二）把握

深谙人世艰难，

才向往生命的斑斓；

既然生殖律决定了生的短暂，

何不在自己的路上点缀些精彩场面；

哪怕是小花或小草，

都会有它的芳香，

它的丽艳。

（三）高远

多一份祥和，少一些忧烦，
更不要那么多火那么多烟，
如果你不能，就快去看看——
看看流水、看看高山，
还有那云彩斜挂在天边，
又高、又远……

一九九五年秋由美加回国，回到改革开放的
大潮中……有钱的仍想借鸡下蛋，没钱的也
想空手套狼或设局坑骗，人们的暴躁劲，像
踏进高温地面，烤热了心，也烤热了眼。想
想自己息影读书的选择，随想而记。

一九九五年十月于北京

大形归隐而去·灵性长存不朽

大地流变兮——天乃藏健。

枯朽一去兮——不再重返。

功利名禄兮——与吾何干？

唯愿一梦兮——长留世间！

一九九六年秋月于山东

一九九六年应山东电视台之邀参加了电视连续剧《孙子》的拍摄。于剧中担任"战争设计"并出演齐国统帅：大司马"田穰苴"一角。导演希望在剧中加进"舞剑"的场面，考虑再三，我们将这一情节放在了大司马田穰苴被解甲归田之后：完成了兵法著作的田穰苴对学术和人生都作了内省性的反思，面对清风明月和兵书竹简焚烧起的熊熊篝火，他感到一生的事情都交代完了。于是舞动了剑器，在一种强烈的运动之后安然谢世。他感到生命走至了尽头，却没有选择"自杀"，而只是以求生的手段去运动（舞剑器），得到毙己的结果而见证宿命（回归本原）。对于身处"此时此地"，一生追求"三不朽"的大司马田穰苴来说这是个合理的选择。本篇是对中国古代战争史上的著名人物、兵书《司马法》的作者"司马穰苴"剧中行为深刻反思后有感而作。

谢谢了——石化人

日间，
我驱车走过
"石化城"的大街、小巷、厂区和山岗，
石化的业绩使我惊叹，
石化人的风采令我敬仰——
因为我领略过
这片大地昨日的荒凉……

今天，

为拍《孙子》我们聚集在

孕育过我和先民的土地上，

有石化人

在做我们的脊梁，

《孙子》可如愿以偿；

"齐鲁春秋"也将再一次闪烁起

民族文化的光芒。

一九九六年十一月某日于山东

一九九六年十一月在一次现场直播的歌唱比赛
颁奖大会上，临时让我"发言"。用"空档"
的时间记下了以上几句，算是一种表示谢意的
"寒暄"，请勿介意，对照《情感与较量》看吧。

情感与较量

多少年来，

总是缘分带我四处飘荡，

可今天召我来的还有——

石化的一份情、一份意

和一腔滚热的衷肠。

噢！久违的老友——

慕名的工厂，

尽管你早已耸立在我的故乡，

可今天我才有幸目睹你的雄姿、

领略你的健壮：

层层管道

在古国大地架起了腾飞的翅膀，

铮铮铁骨

向天下展示着你的倔强。

你日夜不息的劳作

为千里之外奉献着自酿的"琼浆"，

这"琼浆"醉美了大地，染红了太阳，

装点了斑斓人生的海洋。

凭眼力我能透视出

你的严整与繁忙，

用心智我会感受到

你正在人类的舞台上

为民族进行着崇高的文化较量！

石化人爱你，

因为你是他们的胸膛和脊梁，

我也爱你，

因为你用动力之火燃烧起

祖国大地的辉煌。

啊！

久慕的老朋友——

敬爱的工厂：

相识虽晚了三十年，

但我并不遗憾，

因为我们的路

很远、很长。

我在工厂工作过十七年，曾是个优秀的"起重工"（大型设备安装中不可或缺的工种），对工厂有着特殊的情感。若没有这段经历，要理解什么"产、供、销""经济大循环"等细节，也许有很多困难。作为人的"成熟"，那段生活给了我许多。参观过石化机械厂的人都会因为它那外部的壮观和内在的繁忙感受到一种文化的震撼。本篇也在一次电视台的活动中做过"朗诵"性"发言"，收录在此，算是我个人的一份纪念。

一九九六年十一月七日深夜于山东

求道
（现代人类学感悟）

咬死断剑，

根基在血中蔓延；

野小子行程万万，

哪个敢筋骨偷懒。

江湖流变，

光明于雨中积淀；

道不曾横空出世，

又怎见灯火阑珊。

人类社会的发展，对当代人提出了许多新问题。现代的人类学，已经可以在众多学科的边缘地区叱咤风云，而且异常活跃。众多学科前沿的交叉与活跃，必将指向一个产生于哲学却能审视哲学美不美，相对更加年轻的学科——"美学"。当多学科的共同努力将那个美学平台建立起来的时候，那么人类所有的文化现象就都可以拿到这个平台上来进行审视与评估了……思考于斯，寄望于斯，写下了这首《求道》。

丁丑年冬月于北苑草堂

2007 年于承惠先生于书房一隅

书法·武学·韵律
（读怀素草书帖有感抒怀）

……不觉流滞，

不现慌忙，

一贯神形运弛张。

如长天行云，

忽抑忽扬；

似大地寻踪，

忽现忽藏。

间或飞出五六招，

偶尔绝叫两三响，

如泣如诉、亦痴亦狂。

时而钉钉，

时而打桩，

抑扬顿挫，

绵柔铿锵。

或气壮山河势如破竹，

或意连三江挥洒任放，

都是随机而动，

因情而往……

不知是浪里翻白条，

还是大水洗庭堂，

转眼退缩五六步，

瞬间又前进七八丈……

亦猫窜、狗闪、兔滚、鹞子翻；

亦虎视、龙翔、雁飞、大鹏扬……

转关、过节、大路、羊肠……

军容、兵仪、阵法、疆场——

忽铤而走险，

过关又斩将；

忽歌舞升平，

衣锦归故乡……

唉！

癫也罢，狂也罢！

痴也行，醉也行！

俱是有活泼泼的意境于中央，

牵动着一片灵机在摩荡……

妙！妙！妙！

棒！棒！棒！

吾心飞出胸膛……

戊寅仲秋于宁夏

临界

冥冥中，

我来到这个世界，

大海的潮汐，

伴我度过孩提时代。

虽年近花甲，

涉世仍从不敢懈怠，

人间情趣明白过不少，

然而却只有大海……

只有大海的潮汐，

令我难以忘怀——

这时心中的潮汐，

便不只是大海的节律，

它使我想起万物……

想起万物的"真情"所在！

这玄机使我惊讶，

这道义召我膜拜——

原来宏观与微观、天上与天下，

万物都有个"临界"，

那里是伟大的平衡、

神秘的主宰……

或风和雨细，

或狂飙骤来；

或涓涓水流，

或汹涌澎湃；

或风平波静浅浪轻吻沙滩，

或惊涛崛起狂潮怒掀大海……

那变化的，

是劳作不息的乾坤；

不变的则是：

人类——就生存于这样一个世界。

一九九八年十二月二日于北苑草堂

于承惠先生青铜雕塑作品——《临界》

扁舟远去……
（悼亡友墓志）

天理独行……

先驱者已驶向远方……

"……为了终极彼岸，

驾好唯一渡船。"

——大风中，

传来他隐隐的呼喊……

我超凡地平静着、思考着，

眼前亮起通明的火焰。

背负着沉重的"十字架"，在学术或艺术的道路上艰难地跋涉着，他们披荆斩棘、筚路蓝缕，终于成为学者型的实干家。但许多人由于身心等诸多问题而积劳成疾英年早逝。这在我的同一代人中屡见不鲜：短短几年中，我的好友李永盛（中医"针灸""肛肠"专家）、王炳龙（当代国画大师）、范春和（当代武术家、社会活动家）相继去世。几位的艰苦历程尚都历历在目，但却"人去楼空"。他们的溘然谢世，常使我痛心疾首。

本篇是我参加范春和同志的追悼会之后，于返回北京的途中所作，也算是为先逝的朋友们在我心中建起的一座"碑"！

一九九九年四月于 K36 列车上

天诏

冥冥大道，

如日月在中天玄曜；

惜世间鲜谙明暗，

白显万般奥妙。

煌煌美学，

似天驹驾时光流过；

叹众生难识此物，

空余一场迷惑。

所有的生命（包括单细胞生命）都在追求
"愉悦感"，生命就靠这点儿审美天性中
的"美学精神"而得以"进化"……人类
也是靠这点精神而由亿万细胞群"精诚合
作"成为"万物之灵"，将来也必靠这一
精神去解决人类可能面临的最大难题……
思考于斯，有感于心而记。

己卯春于北苑草堂

无题打油
（二首）

（一）

有道何必进深山，

无道出家也枉然；

吃斋念佛乃修行，

谁说劳作是平凡；

豁然大道悟过来，

天下臻理是个圆。

（二）

只缘一叶障我眼，

世人就近难见远；

直到独行荡舟时，

反观世间滩太浅；

翩翩少年知真善，

出入焉有"行路难"。

己卯春于北苑草堂

寄语十二生肖

歌曰：人间属相日驰月张，天干地支配来配往；甲乙陈十子丑六双，妙趣横生纪年有方。先民勤事五谷牛羊，天文虽涩妞咏幼唱；子鼠抬头亥猪结祥，万年古历流行大疆。星野茫茫数道皇皇，大千世界以此为纲。

鼠：灵精族广，性不寻常，聪慧八极，远瞻四方。

牛：骨傲筋宽，风雷难撼，善施众生，俯首亦甘。

虎：知柔知刚，万夫所望，中庸天外，不落平阳。

兔：一身活泼，练就荒野，天生丽质，本色超卓。

龙：卯岁回迁，辰星再现，九天开图，大展宏卷。

蛇：运气阴阳，夏长冬藏，吾已非吾，神若龙翔。

马：君子识机，灵驹知体，万里驰骋，志在天际。

羊：稳操虚盈，谓获真情，春夏秋冬，只守一敬。

猴：地惠天恩，百官精进，智性杰出，造化不群。

鸡：履地飞空，形骸俊挺，千古绝唱，先天下明。

狗：斗转星回，时岁重来，精诚所至，金石为开。

猪：灵秀深藏，屡试不爽，信守宁静，义气万方。

十二生肖当产生于中国天文学的"干支纪年"法。十天干配十二地支，每十二年为一纪，每六十年完成一次循环。任何纪年法都只不过是随机地进入了已经永恒运动着的时空历史……

"生肖"就性格而言或许有"应"，至于"命运"却毫不相干，何况随着人类科学的普及与发展，人们会真正了解自身性格的成因，并分析出哪些是先天之故，哪些是后天之因，从而寻找到克服弱点、发挥优点、完善自我的"良方"——这或许就叫"修行"。

以上寄语实属对诸位获取优秀品格的美好祝福。

愿普天下朋友们年年得益、岁岁如愿！

己卯年秋于承惠于北苑草堂

断碑·残碣
（偈语一首）

禅说：

星辰能为其耳目，

心智当唤醒灵根。

耳目聪明性中存慧，

才能悟而后得。

得什么：说不清楚，

是什么：已经明了，

这次该你说

是与不是了！

从此，我明白了许多，

心中悬起了一条河——

大觉悟撑碎了那

久传的衣钵。

为求索读了不少书，渐渐懂得了一条读书的求知规律：因人类最早的文字应当是"数字"（不论是阿拉伯的还是其他符号的）；最早的学问应当是天文（不管是哪个民族）。若成书那个年代的天文知识是错误的，那么由当时的天文知识派生出来的一切"学问"，就都可能有"问题"，所以读书要备好一把好用的刀，对劲儿的东西可以留下，不对劲儿的就把它砍掉。这样就避免了迷信的一错再错。但是要铸就那把好用的刀，必须明彻一个道理：对人而言，宇宙观带来哲学观，哲学观带来世界观，世界观带来价值观，价值观带来了行为方式。于是就产生出这样一条规律——简言之：人的一切行为都来自自己头脑里形成的文化系统。

一九九九年秋于北苑草堂

有学生要出国读博士，来我处索字幅留念，在我上面提到的那种心境下，写出了这首《断碑·残碣》。至于为什么取此名称，只好仁者见仁，智者见智。

品味
（忆"陋室茗"品乌龙有感而记）

"道台"①观云雾，

"乾坤"②蕴幽香。

人海结知遇，

当宜极品尝。

时时晓春意，

岁岁神气爽。

情中识真谛，

曲终亦悠扬。

每回省城济南探家，总有朋友相邀于茶坊，借品茗而抒怀，畅谈各自事业、学术等人生道路上的"新发现"。茶话间欲为"陋室茗"主人提幅字，事后动笔时竟忘记了选句，回忆中得五言一首，就此纪念。

二〇〇〇年秋月于北苑草堂

---

① 道台：一种茶道案具。
② 乾坤：茶壶。取宋代诗人杨万里"壶中别是一乾坤"句。

心愿与设计

高山碧蓝天，

雪峰映宇寰；

辰星驭雷火，

万物始井然——

天道：如此健！

烛光虽渺小，

能亮一大殿；

谷怀凌云志，

谁不披肝胆——

君子：永乾乾！

在设计家的眼里，世界的一切都是设计出来的。
但完成设计需要材料，材料却需要培养与创造。
这首小诗乃应嘱为朋友夫妇龙年所得之贵子取名
而作。当时谈到了教育问题，大家无不希望天下
后生都能一代更比一代出类拔萃，于是将这一希
望寄于了诗中。诗的上段前三句藏有孩子的姓名
与生肖。

庚辰秋月于北苑草堂

天渊无痕

圣婴捷厚土

吴王续春秋

绎演古道千年泪

川行入激流——

快吗不快！慢吗不慢！

唯觉得九渊之下

冥冥大道载我去寻求

俱仰仗一身活泼全体灵透

摩摩拳直与山壑竞自由

瞬忽间明彻了始终源流

浑然一片不知悲与愁。

妙哉？乐悠悠，乐悠悠！

众仔尚懦养

我独究性缘

欲寄今生盛世情

扶摇上九天——

高吗不高！低吗不低！

只见那苍茫之上

切切玄机为吾尽展现

但看是征候百般血脉一贯

壮壮胆捉拿真理来验算

顿时间了悟了本末人间

晴空万里只想舒心卷。

乐哉？妙然然，妙然然！

庚辰冬至日于北苑草堂

———————————

为朋友辛巳年之子取名并谈及教育问题有感而发。

诗人与诗（一）

诗人离开思辨

生命永不会完善

诗人离开美感

冲动将无法提炼

诗是心的篇章

来自灵魂的泉眼

诗是个性的张扬、智慧的语言

但绝不是

歇斯底里的信誓旦旦

或者流水的账单

二〇〇一年十二月十二日

读诗刊有感而记于北苑草堂

于承惠先生生活照

药·奢侈中的奢侈

孤独是一种选择，

孤独是一种伟大。

孤独的感觉：

像忙碌的人赶回自己的家，

并有个情人在等着他。

孤独是一种享受，

一种别样的升华。

有多少历史的闪光，

发生在孤独中的一刹那。

有多少世界级大师，

是孤独成全了他……

活跃起你追问的天性吧！

在孤独的日子里，

你也会发现点什么。

从此孤独便不再可怕，

它让你插上铁的翅膀，

遨游进智慧的海角天涯。

在高速发展的现代社会，许多事情来不及
思考，人的心理也会产生变异，有什么良
方可求吗？那就是拿出点时间，用你的智
慧到人类文化的遗产中去寻找吧。

二〇〇一年十二月十三日凌晨于北苑草堂

读读自我

人——

是个奇妙的杰作。

祖先的兽性，

还没在我身上退化至根绝。

"咆哮如雷"和"行为粗野"，

还时常在心中暴虐。

这时，血在腾、心在跳，

脑浆似给人挖掘，

胸中涌动着壮怀的激烈。

说句心里话，那滋味不怎么好过。

我倒立、我游泳、我长嘘、我沉默，

都只能消解片刻。

唯一的好招数，是把自我的心胸，

展扩，展扩，再展扩，

展扩到至少能容下城市一座。

此时你才明白：

只有自我才能扑灭心中的鬼火，

只有自我才能驱除可恶的心魔。

二〇〇一年十二月十三日于北苑草堂

不完美·上帝的成功

如果谁在说："人人都有病！"
没人愿意听，因为太难听。
老生常谈曰："人无完人！"似乎都认同，
因为检验过来百分之一百个个都命中。
所以人才那么需要学习，那么需要修行，
直到发现人生只不过是个寻物修行的过程。

再好的设计也会有缺憾，
真理也能掉进深渊。
如果说宇宙的设计也有不完美，
人人都不信，他们说，

这人——疯得不简单！

上帝却在远远地微笑：

我呀，就是用那点不完美，

成全了真理之真、达到了至善之善……

于是：一切变成了不息，

追求变成了永恒。

又于是：一切创造都来自一个"抱打不平"！

二〇〇一年十二月十四日于北苑草堂

因果 · 传承 · 说
（儿童诗）

小时候，

妈妈对我说：

"种豆就能得到豆，

种瓜才能得回瓜。

如果不努力劳作，

恐怕只会开些说谎的花。

到头来呀，

什么都结不下。"

后来，等我长大才知道，

那是个很久以前的老爷爷

早就说过的话。

他还说："只是努力劳作

未必得到什么。

要紧的是，一开始就要知道

自己种的是个啥。"

再后来我老了，

又成熟了许多，
才知道每个人都在吞食着
自酿的浆果，
除此之外，
绝无另一个选择。
这时候我对自己说：
"要是早知道
该有多好！"

二〇〇一年十二月十六日于北苑草堂，
同学生谈到个人与整个一代人的文化
传承时涉及的教育问题，心有所感而
记于次日清晨。

诗人与诗（二）

诗有带泪的幽默，

也有快乐的凄然。

有笑的苦涩、怒的大胆，

还有入木三分的直言。

它能以七情六欲的斑斑点点，

挥洒起生命的长卷——

与那些有心的读者，

畅谈于肺腑之间。

语言本是种约定的规范，

诗人却总想打破它的界限。

为挣脱这一羁绊，

常把语言变成概念，

或将概念炼成新的语言。

于是：

诗人只能于某种临界中产生，

诗篇只能在某种临界上生产。

二〇〇二年一月十五日于北苑草堂

于承惠先生生活照

最美的永远是明天

最大的学问

也许要回归那无言，

至微的道理

或只能精明于实验？

"测不准原理"

又一次把真理遮掩——

切入了，

却找不到事物的另一端……

所剩的唯一是，

于不断超越中，

去行为、去盘算。

难怪老子说，

他不敢为天下先！

幸福的生命只在于过程间，

去感受崭新的理念，

去体验没有发现的发现。

新知识长大之后，

总会把最美的希望

传承给最好的明天。

我明白知识更新的重要，并感到它使人
"成熟"，使人趋向于"正确"。为了能
把握这个"时代"，我很关心"基础物理学"
研究到了哪步"田地"，这能对我的宇宙
观进行十分必要的充实……
本篇是阅读"第一推动丛书"第一辑《可
怕的对称——现代物理学中美的探索》
（〔美〕阿·热著）一书之后偶有所感而
记于北苑草堂中。

辛巳年腊月初八日

诗人与诗（三）

诗是有声的文字，

带象的语言。

在语言逻辑的后面，

还有超逻辑的理念。

诗人总想摆脱，

语言滞后的难堪。

为寻找最初的超越，

他挥舞干戈、摇动心扉，

搏杀于感性与理性之间。

读懂了诗，

便走进诗人的心田。

那里有独奏的音乐，

也有音乐的和弦。

最好的诗，

来自苍天与自然的召唤，

出于诗人肺腑中，

理念过的感觉或感觉过的理念。

诗人的天职，

乃审美批评。

给人看到的，

却永远是光明。

这或许就是，

艺术的天性。

二〇〇二年一月廿二日晨，思考学科交叉的
特点与条件，忽有所感，记句于北苑草堂中。

信条①

艺术家的冲动，

哲学家的深邃；

学者的执着，

数学家的精确；

企业家的实干，

政治家的责任感；

骗子的敏感②——

但你不要骗！

二〇〇二年元月廿三日于北苑草堂

---

① 《信条》一篇成稿于一九九一年，时正在为
某"图片社"搞广告设计，提出了作为"广告
人"和"企业家"必须具备的一种潜在"素质"。
后来成了某公司的信条或警言。今一并收录。
② 请对照打油诗《骗子的敏感·解》与《反差》。

骗子的敏感·解
（打油诗一首）

面对初生事物，大都只觉"新鲜"；
可叹那些骗子，立马水中加盐；
看来还算清澈，却已生出咸淡；
倘若以此解渴，真是自寻麻烦。

常人面对"新鲜"，"传统"列阵前沿；
知识天天更换，"麻木"怎做"眼线"；
"先锋"不理信息，"统帅"安察"发展"；
开通八方六路，才能一往无前。

我想对你说的，只是"那点"敏感；
既不草木皆兵，亦非惊弓之雁；
要处就在"临界"，行为善恶之间；
留住这份天资，足以维生保健！

短短几句"打油"，实在难以尽言；
讲来十分绕嘴，但求了了心愿。

二〇〇二年元月廿三日于北苑草堂

反差
（打油诗一首）

骗子一旦出手，心中总是不安；
头顶树叶落下，疑是警探设圈；
惶惶不可终日，时时怕给戳穿；
做了贼的贼船，能进哪条港湾？

骗局是种设计，只把聪明用偏；
若有光明指点，大凡做人不难；
智慧但不胡来，能聚一身宝典；
只是个人受用，一生使唤不完。

狼来了的故事，何必讲到成年；
有此城府在胸，唯求心性豁然；
终身不去行骗，大道昼夜安全；
若能善待众生，已是宗师再现。

思《骗子的敏感·解》后，又记于北苑草堂
二〇〇二年元月廿三日

不忘·队长

土生——土长！

黄河使我们发祥。

大地曾是我们的脊梁，

支撑着先民走出洪荒，

并把最初的智慧，

也装进我的心房……

私欲——膨胀！

我们变得无知和疯狂，

疯狂的无知换回了五千年的惆怅，

在那些"方程不通"的年月里，

历史的"怪圈"

变成了"如来"的手掌……

曙光又起于汪洋，

人类面对着偌大的课堂，

九万里江山的子民们——

每一根筋都在紧张；

飞转的大脑啊——

瞬息间就有新思想，

抓得紧的还能跟上，

就像老鹰叼小鸡一样。

掉了队的只好另去换脑浆……

我不知道

谁是队长？

也不知道

谁在游戏中领唱？

面对老鹰我只盼

我的队长——

一个都不要忘。

二〇〇二年元月廿六日于北苑草堂

驾驭·彼岸

　　一个还没长大的婴儿，已背负起沉重的负担——古老加现代的"文化积淀"——闯荡在艺术的大漠之中……虽已颇有成就，却仍在渴望着崭新的水源——这是我初初结识的"圣婴"。时间：一九九八年，一个很平常的冬天。

　　又一次见他，已是来年春季。他已将那些不堪重负的"积淀"全部倾倒在大地，并拼命折腾着、搜寻着。在生活与艺术、创造与模仿无数次的碰撞摩擦中无情地熬炼着自己，终于在文化积淀的裂隙中捧回了那颗仍属于自己更属于艺术的闪闪童心，它与胸中跳动着的是那样地亲密、那样地同步、那样地相照无间……艺术生命的倔强已将混沌着的重负变成了巨大的财富：西洋的几何、东土的曲线，大师的追求、圣者的发现，西域的解剖、东方的凝练……这一切像是汹涌的大潮已铸成汪洋之势，要么被其淹死，要么冲击彼岸。

将文化泡沫滤进垃圾，让艺术精灵酿成神迹。圣婴，起航了。

他把自己变成了"苦力"，驾驭起滚滚而来的创意，以智慧的灵感、忘我的态度去进行狂热的创作……偌大的工作室似无法容下他娴熟的技法，他召见光明、借用天势、紧握起中西交融的画笔挥洒于画板之上，游刃于"冷""热"之间……绘画、雕刻、建筑、设计，他似乎什么都干，他是多变的，也是多产的。每隔一两个月我总有幸去一回他的工作间，看到的不是一组组"系列"，就是一幅幅"长卷"。今天能见到的只是他创作中一组不多的符号、一个不大的侧面，希望有一天大家能读到他个人经典中全部的艺术语言。

我常常想问他，每次又都反问了自己："究竟是什么使他如此恭恭而守道却又贪婪地去创造？"

　　是啊，一个诞生于"大漠"中的"婴儿"，他唯一寻求的能是什么？是属于自己的一块块"绿地"？一片片"蓝天"？一个个新生的"婴儿"？一座座绝妙的"家园"？也许是，也许都不是。也许他心中的梦想只是一口永不枯竭的甘泉。

沉九江

二〇〇二年二月于北苑草堂

西北情

南海惊涛不落，

东风飙进大漠；

春潮携来丰收雨，

润山！润河！润泽！

今日长缨在手，

北斗高悬运筹；

西域山川做绣球，

雄夫一竞风流！

二〇〇二年三月五日于北苑草堂

看实事新闻有感而记。

状态 · 创意 · 逻辑

"鬼使神差"或诡言"灵启",
恐怕都是些江湖的把戏。
挥动毛刷要力气也要创意,
做大幅更需要"物我两忘",
才不致变成个"蹩脚"的苦力。

有幸于生命中寻到运动之真谛,
作业的性情将如虎添翼,
那是些奇妙的感觉:
有形,但无迹;
有天然的和谐,
有精确的比例。

直线的延长无不是个圆,
任何的圆上再也无直线。
我画不出事物的全体,

107

但想去表现整体的意义。

每幅画都只是局部，

抑或是一点一滴，

总是些穿越穹苍来至我眼前，

为心灵击中的标的：

那是个纵深——是创意，是立体。

纯粹西画，

却愿意张扬龙的意气；

掂量着手中的画笔，

我更想挥洒世界的记忆。

我念着古老的咒语，

奉行时代的礼仪；

我驾驭八方"神器"，

去思考万变的玄机；

我强化自己的心肺，

去吐纳文化的个性与对比。

……啊—— 冷的——热的……

快用你各自的良心，

同我精诚若一，

我要把大气与光明尽洒画板，

我要用审美的符号去交流天地。

……冷的—— 热的……是谁在说：

尽是些超验的逻辑？

不，我只想讲述个"小小的秘密"。

多次观赏圣婴的油画作品并与之交谈有感而记。

沉九江

二〇〇二年三月十六日于北苑草堂

风

来源于无形的旋涡……

消失在寂静的旷野……

携带着一往无前的精神

完成着——

净化乾坤的大业,

那种悄然的动力从未被人注意。

不知道在哪儿生成,

也不知道往哪儿休息。

二〇〇三年元月春节前夕于北苑草堂

格

远远地我瞧见，

天边那彩霞一抹，

于是我意会了，

风的骨格。

二〇〇三年元月春节前夕于北苑草堂

刑天祭

舞干戚　圣坛设在天际，

干戚舞　香火燃烧在生命里。

舞干戚　追问世界的谜底，

干戚舞　寻求活着的真谛。

站起来虽不是目的，

成功却由此做起。

舞起来　去感受精神的来历，

舞起来　去体验文明的逻辑。

起点永远是个零，

终极就在不倦的追问里。

站起来舞干戚　舞干戚站起来，

圣坛设在天际，

薪火相传不息。

起点永远是个零，

终极就在不倦的追问里。

舞干戚　寻求世界的谜底，

干戚舞　追问活着的真谛。

被打倒　从不介意，

大自由　尚在手里。

被捆绑　决不能儿戏，

莫失去　求真的能力。

舞起来吧　只要锐气尚存就能创造奇迹，

舞起来吧　只要全体若一便可刷新天地。

站起来舞干戚　舞干戚站起来，

圣坛设在天际，

薪火相传不息。

起点永远是个零，

终极就在不倦的追问里。

二〇〇三年三月

113

源泉

了解原本的无知，

丰富生命的源泉。

人类知识的坐标，

总是零起点。

"已知"的价值常常是个负数，

"未知"的答案才属正值的一边。

"过去"可产生对"未来"的判断，

万物的逻辑都是因果承传，

哪怕是突变也有原缘。

于是文化之精神也是血脉相连。

二〇〇三年三月

信步"浴古山间"

走进美妙的晨雾

来认识自然的统一

望着沉静的晚霞

去理解苍茫的意义

在这里——我体验活着的情趣

在这里——我沐浴古今的气息

若不是艺术顽强的指引

谁会去诠释美的真谛

若不是生命对时空的眷恋

谁会去讨论妙的玄机

若不是人类面对强加的变异

谁会去探索无知的奥秘

于是乎——

超凡的心境

穿透了冥冥的思想

又一次涌进我的怀里

——一位曾经的游客

二〇〇三年八月十九日游"浴古山间",有感而记于北苑草堂

时光的记忆

竹影曾传宇外音，

野草能射世间神。

今朝天井虽不见，

空窗但余屋漏痕。

风雨高墙天作画，

雕虫也有良师吟。

小小变迁本无碍，

唯唯意会古与今。

癸未中秋于北苑草堂

是谁在笑

丈夫们总想治愈最后的创伤

妇人们总想抚平流血的心乡

一万年不变　一万年空忙

可怜的人们从不知道

是谁在把握着一个个残酷的战场

怀疑是那个不死的撒旦

一直在世上游荡

母腹中的胎儿都在笑

只有在此时此地

他们才能

以本然的神性用胎息去吞吐大荒

只有在此时此地

他们才可

以天真的尺度用快乐去丈量前人的智商

笑吧

你们永远都有莫大的希望

笑吧

只有你们才能解读那片耀眼的曙光

二〇〇三年仲秋于北苑草堂

无题

上方有局群情赞，

谁肯落魄当穷汉。

想是东家逐市缘，

土建经营从不断。

举首望见发财星，

转身就是一百万。

可叹京城都走遍，

哪里去购满堂欢。

癸未中秋于北苑草堂

草堂小祭

躯壳精壮但无魂，

冷轧热锻六七春。

拳拳之心尚未死，

断剑亦续一曲琴。

癸未中秋于北苑草堂

本然是我·我是本然

人心非本心，本心本无心。

此心家何在，冥冥妙难寻。

豁然一开悟，微微入空门。

大至三千界，小到一粒尘。

法相当如是，道机承此根。

万化不离母，就这一点真。

能识这般物，方才见我心。

想来总绕人，做起也混沌。

不如常相守，唯唯念本心。

天人本同性，何不寻本分？

大觉悟至此，本然已属神。

能握此玄机，不枉度凡尘。

往来似春秋，进出如串门。

终极一堂课，也能读到真。

醒来忽然是，何以惧做人。

小子难识趣，常于法中吟。

定法不是法，哪里得弥深？

上帝本无形，冥冥定始终。

本来无一物，自然化神明。

君子虔执度，莫为狂人疯。

大一唯不二，常于太虚行。

无外藏精影，无微建宿宫。

天堂非地域，只在一心境。

当下念至此，直想啸一声。

本然就是我，我在本然中。

二〇〇四年三月于"浴古山间"

道授机宜

倘若神州大祭，

圣坛设在天际。

敢问亿万时光，

哪个堪称第一？

面对高天厚地，

世人难逾藩篱。

一旦取下禁咒，

谁来指点东西？

二〇〇四年冬于青岛

读《太一论》有感而记

信仰·潮

腥风驱动着血潮，
摧毁了亘古的堤防。
信仰复归到遥远的天上，
世界只剩下战场。
当万众都仰视它的时候，
它却在默然观望。
是报名吗？不！
大地变成了考场。
当万民都扬弃它的时候，
它依然至高无上至大无方……
人还活着吗？ Yes——
人心却只剩一片坟场。
它独立天外无微不至，
它匿名、它无形，
它是一种大能一种大光明。
当万物理顺源头万法回归无有，

当人类了解了基因对于本然的需求，

当人类知道善待万物的时候，

愉悦成了信仰，当下便是天堂。

老天爷在吗？ No——

上帝伟大到不需要在场。

二〇〇五年四月于山西

叹七剑

雪卷长风舞大坂，
谁摧豪气铸天山。
青干莫问游龙事，
日月舍神天瀑间。
竟星之道秉太虚，
可叹香火已不传。
冰之情怀侠之结，
何日释然袒大千。

二〇〇五年四月于山西

解惑之道——君，臣，师

有问题题即是君，

我甘当当下称臣；

小儿郎胆敢拼试，

无欺诈自见天真；

能顺达案必为师，

解困惑了然生金；

忽一朝但觉实惠，

订终身眷恋有瘾；

老夫子常伴左右，

小先生臣像成群。

为了培养孩子们喜欢找问题和解
问题的能力，我真心地将自己的
经验告诉他们……

二〇〇五年四月于山西

今日晴天·小风三级

庶民不见侠风劲

大学唯念救生文

此联如能成对仗

教化失真批正准

有朝一日邪气盛

常叹史卷未藏神

若非行者鲜如意

谁敢漠视古人云

纵有强题难作答

也能钢梁磨成针

道是始终难觉悟

幡然误国又误民

为农不识田中趣

与时空忙浪辛勤

枉有节气缘左右

欲归正果却无门

二〇〇五年四月于山西

命运的眷顾

领受着时空的灵性

接受着父母的衣钵

生命中经历的一切

加上我的选择

铸就了我

命运的旋涡

那眷顾着我的只是些

事物的逻辑行为的因果

二〇〇五年四月于山西

袭真

明理且知因和缘，

不必妄吞后悔丸。

圣人不来添大乱，

世间生灵自相安。

可叹恶魔学如来，

玩弄时空指趾间。

只怕此掌非向善，

关键一刻常变脸。

留有清风涤尘烟，

放下丹心照空船。

纵然侠骨难修成，

亦教赤子问长天。

大道自古通乐土，

谁家说唱是和弦。

二〇〇五年八月二十日于北京

品茶

瑟瑟西风复倦容，

郁郁山影倨人行。

欲观来日好光景，

且将劳顿驱无踪。

寻得泉下布茶翁，

上道老丛品乌龙。

千杯热滚涤心肺，

盏盏清凉透骨中。

满怀尘俗皆荡尽，

睡韵含香待天明。

二〇〇六年于武夷山

俏九邦

古贝春酿俏九邦，
沥尽甘洌储陈香。
常闻杰士携"珍爱"，
风雅他乡弄爵觞。
半苦吧台启窖封，
满厦精英抚胸膛。
何处佳酿香破屋？
哪来醇浆醉倒墙？
幽香阵阵袭肺腑，
擎首闭目神已往。
信有古贝正入樽，
照得明月伴醉郎。
长饮一杯千古意，
乐与天地共沧桑！

丁亥年七夕日造句于北京

如此情投

论万古风流

道文武春秋

直射天地悠悠

问大千世界

谁与某如此情投

好酒　美酒　烈酒

举一颗凡心

将年华磨碎

冷观尘寰累垒

笑坎坷人生

何以能这般无畏

心醉　意醉　神醉

朋友聚餐，酒好情笃，特录诗一首。

二〇〇七年秋

家当

游戏对我说

船家！快开船吧

追随时尚可救活全船的游客

船在心里告诉我

还是清理一下家当吧——

可免于大风中整条船的倾没

我不懂两者谁更玄妙

只记得当我失去家园时

怪物们已虎视眈眈地围着我

小子们张牙舞爪

领头儿的袒露着可憎的微笑

二〇〇七年九月十八日于中国人民公安大学

中秋

君与佳节又相逢，
昆仑风月塑峥嵘。
任人金樽去蹈海，
且与大漠奏合声！

丁亥年九月
于中国人民公安大学

丁亥立鼎

坐断东南育"国宝",

"人""物"辈出朝朝。

古艺深藏文曲,

宝刀未必出鞘。

"雕虫"技小圣火高,

谁立长干起灶?

——广厦磐石今落鼎,

肇射无限光明。

四海学贤舒长卷,

雄文了鉴心镜。

传统体育正复兴,

中华武艺当风!

丁亥孟冬于中国人民公安大学

石头

泰山石头立当前，

人言此物避邪仙。

君临造化能启蒙，

谁见愚顽开慧眼？

穹苍布陈亿万年，

缘聚总有一景观。

擎天飞渡方入席，

丝丝灵气叩太渊。

二〇〇八年六月泰安友人以石相馈，

予观之颇有灵气因感而记之

圣坛

奥运之神逢大祭，

四海祥云腾起。

圣坛铸就心底，

颂去千秋如意。

祝福虽轻已贯神力，

堪与魔咒相匹。

浩荡万里射往天际，

撒向人间美愿。

——善无极——

二〇〇八年八月八日承惠造句于青岛

回眸

石猴西行不为经，

想来只图灭妖精。

八十一难皆尝过，

万劫回眸亦转轻。

二〇〇八年秋
承惠造句于武当山

收山

妙观彩云秀乾坤,
谁执金钩钓浮尘?
轻驾辕驹收山去,
待看来日霞更新。
"笑叹夕阳无限好,
只是近黄昏……"

承惠造句于二〇〇八年十月

梦游

吾病神交梦游，常遇一翁，某日又遇之。翁对予曰：

"身体要经营——营当下之身形。

生命要提炼——炼永恒之心性。"

予闻之默然，翁复曰：

"信君亦耳闻：'太极常著妙理，物化贯释本然？'"

吾问：

"何以见？"

翁澄视予良久，淡然笑曰：

"仰观俯察——天地洪荒可鉴。

净思明虑——颗颗粒子通天。

汝可信乎？"

予闻之，胸襟豁然，心结顿释，喜悦生发于性命之泉。

当即唯诺：

"然也！夫子之美言，极善！"

己丑芒种承惠于历山下寓所

符号的价值·审美的赌博

在一个世界性危机不招自来、智者都难知所以、凡人更莫名其妙的"滑稽"时代，在一个生活花样百出、审美乱了方寸、人心异常躁动的转型时刻，"天地儒风"来了，来得不紧不慢、来得正是时节。

携带着古典家具的神韵，披挂着传统审美的风采，似是早有预谋、又像漫不经心，迈着坚定的步伐，只是款款而来，登上的却是个"审美——赌博"的"大舞台"。赌者就有风险，也许能发大"才"，于是，观赌者络绎不绝、纷至沓来，为"天地儒风"祝福，也对它充满着期待。

中式家具的灵魂，据说是那些"卯"与"榫"，虽属"雕虫小技"，却也"圣火通明"：这一技艺最初或许来自远古先民中的"有巢氏"们，他们从树木枝杈或人与兽的头骨那里获得经验，发现了一种"天衣无缝"的自然构成，于是建造房屋时就"师从造化"地用了这一技巧。后来此技在中国哲学理论中也有了至关重要的地位："一阴一阳之谓道""孤阳不生、独阴不长""阴中有阳、阳中有阴""阴阳并立、互为其根"等重要命题正是"远取诸物、近取诸身"的中国天人观念的鲜明写照。就连汉字的结构也无不受其影响，在最早成书的《易经》中就形成了"仰观天文、俯察地理、中决人事"这一普及万方的生存理念，时至今日这一理念依然在支持着当今与未来的"学问"。

曾有西方人说过："建筑是凝固的音乐……"如果今天有"鲁子"后人曰"家具乃流动的音符、活着的雕塑、无言的诗歌"，应当毫不为过。

家居生活中，家具无疑是最为明朗的立体"符号"，每件作品（符号）无不散发出强烈的文化冲击力，这种力量会在不知不觉中渗入你一生挥之不去、终身难以忘怀的"审美年鉴"之中。我们生于其中、活于其中，并自得其乐于其中，所以当营造这一环境时，在"从设计、选购到经营位置"这一漫长过程中，或许我们也就领悟了"风水"。想想看，当你生活于那些摆设得体、错落有致、井然有序、浑成大观的"符号"之间时；当那些或古老或现代的"符号"们除使你感到方便受用之外，还能在你的下意识联想中唤起心灵深处一种愉悦情怀时，应该说："这就是好'风水'。"因为"风水学"用现代语简言之无非就是"哲学""心理学""建筑学"以及"社会学""伦理学""教育学"等众多学科融合审美而形成的"学问"。至于那些由"贪婪作祟""迷信纳怪"而引发的古老观念，早已被历代学者剥离与剔出。热心于"风水"者能持文化的视角、科学之态度，立足当下、明察以往、关照未来，即足以为上策了。

　　家是个安逸之所、憩息之地，起居中人们流动的视线总会关照着那些似乎能与自己对话的"符号"，"符号"们也会无意中影响着我们的身心，从而规范着我们的行为与思想。中国古典家具中所展现出的"轩昂之气宇""堂堂之仪表"以及"四撑八挓"的雄健、"曲线浑成"的柔婉等等审美要素总会对你心中之"灵犀"说点什么，不是吗？

　　应当一提的是我们毕竟生活在当下的现代社会，时下的科技产品或"他方文明"总要进入每个家庭，于是选择与摆放时自当关照"符号"们的内在逻辑关系：位置与构图、空间与节奏、色彩与光照、对称与呼应。做到有机结合、自然过渡，方可被称为"妙招儿"。

　　大觉悟常被时代唤醒，新思想多由远

古复苏，靠的是哲学的顿然醒悟及文脉的梳理成株。"时尚"与"返古"在"审美较量"中谁能占得上风？

"古典"与"新作"谁更具"统一之神韵"？

"传统"与"时代"谁更显"奇光异彩"？

"和谐相求"与"交映生辉"无疑是每种划时代文化的特征，唯把握这一特征方可领军于真正的潮流。

追问——"人之天性"。

审美——"与生俱来"。

真谛——"发现问题"。

一切创造与发明均出自"义无反顾"的"抱打不平"。

愿"天地儒风"与爱好家居审美的百姓们同昌、共荣！

百姓们将与你一起——沐电、浴雪、临风。

己丑牛年岁末
沉九江于历下寓中

识《锺馗》

道子圆梦述神通，

锺馗从此守天庭；

金中斗鬼是小菜，

降妖伏魔亦轻松；

玉体不怕刀枪利，

更有九首司鉴明；

黎民心下思此景，

乾坤何愁不太平。

感怀吴道子创意"水墨锺馗"之良苦用心，

二〇一〇年三月二十五日记于燕山脚下

楹联篇

"信"与"仰"时光无欺

掀起窗帘　晨曦升出大地

还有半个月亮斜依天上

走出厅堂　夜风狂驱腥潮

忽见一道闪电撕破云霄

二〇〇七年腊月二十三

承惠于京华书对联一副

中国年

鼠年大，大吉祥！
鼠年鸿，鸿泰昌。
新春复归百事旺，
精神和万家爽。
且进樽前戊子酒，
与君度大安康！

承惠颂上

《换岁》经曰：《否去泰来》

上：

戊子年尾　沉思寰宇以内

时害商劫官匪民贼

乱了东西南北肝胆筑垒

祭起忠魂荡腐鬼

法网早已恢恢哪个还敢偷谁？

神明呼唤锺馗！

下：

己丑岁首　遥想杏花村外

田野牧童竖笛耕牛

点染上下左右天籁神曲

舞动山川续春秋

谁正挽弓射斗欲酿旷世美酒？

醉翁不必远游！

二○○九年三月

承惠造句于青岛

酒

叱咤东西九万里实为百药之长

纵横上下五千年诚与文武结缘

微相宏观

道法于天天法于道那道与天道是谁家为先？

来也是去去也是来这来和去究竟哪个在前？

始终同元

道源齐天当潜流万世如神

佛法无边能缘就一方真人

大精神

天下作太平神龙出水

万民竞伟业紫气东来

臻理终极

天地有正气

乾坤藏道义

殊途同归

武以载道能造化人群

文以宣德当涵养社会

经世浅识

有天则有德实是玄德

无神也有道此乃大道

终极之剑

炼天地之精明

行大道于无悔

先民卓见

取金木水火土发玄微精明于一身

剖仁义礼智信行大道无悔于万民

长河之篇

剑气干云当刺太极之幽

剑光直面能照善恶人生

留住清真

百端求证取道天真

万遍摩荡流注清纯

剑

千般柔韧火里锻

一点灵气水中来

革面涤心

抽懒筋撑懦躯抖灵笋以求换骨

摩刚柔修动静炼性情旨在脱胎

妙理难穷

阴阳之道无处不有

太极之奥何物不芷

自寻怆凉

绝顶行踪少只因不胜寒

大道路人稀缘是离家远

常心致远

不可因琐碎事了却掉一日三餐

方能于夕阳中换回那一梦百年

书道情深

水墨涵侠骨智藏万般灵动

丹青蕴风流信守一方宁静

本质有别

面对地狱之火君子总义无反顾

走进天堂之光小人也畏缩不前

酒壮尿人 英雄本色

曹孟德煮酒撼天下绝不信口雌黄

关云长温酒斩华雄亦非以酒做胆

今非昔比

羊肠古道九曲通极顶高处不胜寒

信息公路万变成网络巅峰沐人烟

留心

文学中常有真性情我当孜孜以求之

武艺里亦藏假学问吾应时时而避之

察（明察秋毫）

观四海谁能成功

问天下哪个太平

时空而已 快慢而已 主客而已

君子出口：以不变应万变

行者伸手：用万变除不变

抉择

老路子走着舒服但会真舒服而亡

新途径行来痛苦却能假痛苦而生

专业第一

农夫不识候怎去操耕种

为官难明理以何正纲纪

各度春秋

长天行月去无息

大潮起落必有信

俱有因果

天机流变似无声

人世迁演却有情

美在其中

一切变成静止终将产生"机器"

万物唯有运动才是真的"永恒"

果起于因 因果而已

处近忧者多因无远虑

善远虑者常能无近忧

有种

精明的团队能将废墟变成福地

强悍的群体可把腐朽化作神奇

反差

正人君子能带群体走进成功与辉煌

卑鄙小人才将同胞驱向痛苦和死亡

潜移默化

遥远的历史尚在传统中深藏

近代的故事仍于大气中回荡

文明中华

太极著妙理可察天机

物化释本然统治始终

政通人和

钵承先民睿智励精古蕴济天下

淬取时代文明捧起圣光绣中华

对话篇

幸运的邂逅
超越时空的交流

——"精灵"与"粗粮"的对话

于承惠先生生活照

粗粮：啊哈！——您好，朋友们，我历尽千辛万苦像走了几个世纪，终于见到了你们，看我一路艰难，衣服鞋子都早已磨光，甚至遍体鳞伤，我摇晃着赤裸的身体，肝胆都披露在外面，心也在滴着血……

精灵：没关系，朋友，我们见过很多真心探索的人，总是这样的——你不会出问题。我们都是有记录的语言信息，都经历过被人们敲碎外壳、自己去擦干血迹的时刻。这样倒好，大家可以肝胆相照地倾心一谈，不是吗？正是因你的这种状态，大家才纷纷地自然赶来，否则我们即使在"机器"里见了面，也会冷冷漠漠失去交流的知觉，冷漠地失去那些交流的直觉。

粗粮：我想也是，只是我进入这种状态是很难的，所以我要抓紧时间向诸位讨教。

精灵：应该没什么问题，这里几乎是

对
话
篇

个集大成的世界，习惯洗耳恭听，对人十分友好，一定会对你的问题作出认真回答。尊敬的客人，就请开始吧。

粗粮：还有点小问题，我不得不事先禀告您：我的理解能力似乎还能跟得上您，只是记忆力有些差劲，生怕忘了该问的事情，所以我有时可能会打断您，是为了弄清楚当下就须明白的问题，对于这种不礼貌，请您不要介意。

精灵：这没关系，谈话式的讨论有时是需要这样的。

粗粮：谢谢了！我的问题是，像我们面对着一个五彩缤纷、信息爆炸、高速发展的现代世界，我们尽管也受过教育，却也只是些普通的靠个人技能谋生活的劳动者，面对剧烈的竞争，常为前途担忧。我们不是学者，似乎能预测一点点世界的未来。我们只想看清自己眼下的路，走起来也感到实在，简单说：面对现代，我们怎样才能更好地活着？怎样才能不那么被动地与社会一起活着？

精灵：首先要了解你的世界是如何运作的……

粗粮：对不起先生，若说了解自己似乎没什么大问题，可是这世界很大而且寿命无限长，人却只有七八十年的光景，还得连痴呆了的时间也算上，世界是所有人的载体，它去哪里根本就用不着知道。难道历史不就是这样么：不断地有新主角登场，不断地有旧班底下岗，谁死了它就把谁抛下，而它自己只管去它该去的地方。再说，它的缤纷已使我眼花缭乱，它的速度已让我万分疲倦，若再去明白它是如何运作的岂不更加麻烦？何况也弄不明白。我只是想活得开心一点、无忧无虑一点、自由自在一点，也就是活得更好一点。

精灵：对呀，你不就是想主动驾驭自己的生活，使几十亿年才能由进化得来而且每个人就只有一次的宝贵生命变得更有意义吗？你不就是想能与社会融为一个和谐的有机体吗？

粗粮：是这样，先生。但我只需清楚家庭、工作、子女、生活及与我有关的社会关系，及至能处理一些眼下的事情也就可以了。至于国家、民族、世界——那是伟人和领导者的事情，我不去明白这些就已经够累了，再加上这些功课，等我弄明白了也该谢世了……

精灵：不，先生，你错了。正如你所想，今日之世界越来越走向互相联系甚至高度一体化的状态；各种学科理论也在走向纵横交叉、相互渗透、优胜劣汰并趋向大一统的求真局面，而且成就惊人；新知识日新月异、新概念不断涌现的新一轮科学技术革命，以及因此而掀起的政治、经济、教育、管理、社会生活、思维方式等各个领域的变革风潮早已形成，这股强大的狂飙正在冲击着每个国家、民族、企业和团体，以及每一个家庭和个人，甚至冲击着每个正在研究的学科项目。在这个世界里没有真正的旁观者，绝对的隐士从来都是不存在的。"达摩面壁"了九年，那是他的工作，即或真有那么一类特别喜欢"观棋"的人，他们也未必愿意看到人类向自身展示着兽性的残忍，人们会对这类人的健康产生疑问。

粗粮: 对不起, 您说到的残忍使我想起: 有人说草原上由于没有了狼, 羊都失去了奔跑的能力, 生长得又肥又壮, 后来羊群把草原都啃光, 再后来羊群都死于一场灭顶的饥荒……还有人说战争乃有史以来人之天敌, 但它促进了社会的发展, 如果没有了战争, 人会不会也像羊群——把世界的财富耗个精光, 然后也去迎接一个必然灭顶的下场?

精灵：好极了，你终于愿意与我讨论世界问题了……

粗粮：真的，不知怎么搞的，人就是这样，尽管有些问题想也想不太明白，却总是会不自觉地想到这些方面……这不是"杞人忧天"么？

精灵：是不是杞人忧天，咱们先不管，总之你说的太妙了，这正是你潜意识思维本能的典型表现。这种思维方式若能跟有意识思维充分协调地一起工作，那么解决问题的效率一定会高得惊人。另外，"追问"与"求知"，也都是人——这一高级的社会动物，还在儿童时代就已经锋芒毕露了的特有天性。在漫长的生物进化及社会发展的过程中，这一宝贵天性不但没有退化、泯灭、被扼杀，反而获得了长足的发展与应用。若失去这点天性，人便不可能有所创造；靠着这份天性，人类才得以走上科学发展与审美判断的路程。二十一世纪，脑科学将揭开一些思维的奥秘。人类——
将变得更加聪明！噢——对不起，讲了这
么多，还没有回答你的问题……

　　粗粮：不，先生，我听得倒有点着了迷。
您好像解答了我许多其他的问题。

　　精灵：好，我们还是回过头来谈谈羊
群的故事吧。我当然知道，这绝非自然界
里的真实故事，而是个充满哲学意味且诗
化的隐喻，还有些战争不可避免的论调。
大自然这位仁德之母，对其属下的任何生
物种群自有其"自然选择——适者生存"
的"天条"，草原上即使没有了狼，羊群
也不会甘心等待一场灭顶的饥荒，觅食乃
是它们的本能，生存是它们的第一需要，
除非是由于人的豢养变异出的等待饥荒的
羊……

　　粗粮：对呀，小小的田鼠都知道在秋
季准备下越冬的干粮。西藏的盘羊群已有

派出岗哨警戒危险的本领，聪明的窃猎者总是先偷袭换岗的盘羊，再去围捕羊群。他们只取盘羊的脑袋。据说贵人们特别喜欢这种"艺术品"——大大的弯角、白白的头颅。还有藏北的羚羊，并非狼的驱赶才使它们成千上万地奔逐于地脊草稀的高山草原。奔跑是藏羚羊的天性，它们长途跋涉，只是为了去完成遗传本能中得来的生存程序。藏羚羊的角也十分好看，市场也十分看好，于是藏羚羊的命运跟盘羊同样，也都面临着给人捕绝的危险。所以我有时想人是绝顶的聪明，为了发财却比野兽更猛。不论天上飞的、水里游的，还是地上跑的，就整个世界而言，那些珍禽异兽的天敌俱是人类。

　　精灵：对极了，即便是"狼心狗肺""狼狈为奸"，也是狼在食物链中的地位及人的主观偏见所造出的语言。狼的品质是聪明和坚韧，狼群一旦确立目标，便会协同作战一往无前。指挥系统行令森严，而且决不会伤害同类。正是因为这些品质，大草原上早期的蒙古人才将狼头视作自己的图腾形象。也是这些罕见的生物品质，才使人类培养出了行为与体能俱数一流的警犬、猎犬、家犬、牧羊犬……它们成为人类远古以来最为主要的生存伙伴。若是天下的狼都被杀光，无疑也是人的另一类无知所酿……

　　粗粮：您说到犬类，除使我联想起许多良犬的故事以外，还使我想起另一个随着人类的生存与发展，由远古而来的亲密伙伴——马匹。据说野生的马群中都有一匹体能最好、智商最高的在做马王。它总是在高处吃草，负责警戒和带头寻找水草。为避免近亲血缘引起的物种退化，新马驹长大后总是被父母"无情"地赶出本群，被逼到别的马群里生存和繁衍。若人处于贫困或出于生产的需要，迫使母马与其所产马驹交配，即使蒙住眼睛妈妈也会知道，它能因此而绝食——自杀。所以中国人有

"良马比君子"之说。古时马匹是军事力量，管理十分严格，非战时期任意骑乘必将受罚。中国人曾经培育了优良的蒙古马种，腿虽短但体长耐力好，善追击、不烂蹄，故被称为"铁蹄"。但因近代以来，骑兵已失去过去的性能，马的军事地位下降，百姓又曾由于贫困而忽视了优秀品种的维护和改良，造成纯种蒙古马几乎绝迹，也引起其他良种的退化。如此看这岂不也是人类的行为——无知和贫困所造成？

精灵：不，确实是人为因素造成的，却应当把"贫困"给排除在外。贫困或因无知而造成，但贫困绝非无知的理由；"艰苦"常能使弱者毙命，但它却是进化的条件。真知的缺乏才是真正的贫困，它只能带来致命的退化，这种退化的实质是，人类由进化而得来的"求知"——"追问"——"学习"等重要天性的退化。这一退化的终结将趋向于——人类是否还能被称为人类。

粗粮：照您这么说，在自然界所形成的食物链（或称生物链）上，人为地消灭了任何一类种群都会产生连锁反应，当还不能了解这一反应对于人类到底是善还是恶时，这种消灭就会是盲目的。

精灵：对，只有了解到人类行为之后的"自然选择"会产生什么结果时，人的行为才会是"适当选择的""有长远眼光的""有所规划的"。例如人自身是一个开放的、复杂的，至今还有许多莫名其妙之处的巨系统。亿万细胞"精诚合作"形成一个健康的人，只要有一部分不合作或是不务正业，这人就要生病，大部分不合作，这人就即将寿终。像这样一个开放系统，它要与外界不断地交换信息和能量，而自然界、社会也都是开放的系统，人与宇宙是一个整体系统，世界的所有包括人的思维都在整个系统中运动演化着。尽管人本事很大，大到可以改造自然、炸毁月亮、掀掉喜马拉雅山……但他们必须服从物理的法则，不要出现类似"用尽平生之力射出的强弩之箭，结果击中了自己的身体"的情况……

　　粗粮：我们中国人叫："搬起石头，砸了自己的脚。"

　　精灵：只是砸了脚还算好，若是砸到子孙的头上，那情况将大不一样。人可以做出错误的行为，但却不能灭种……

　　粗粮：那就是说当我们还不了解整个系统与各子系统之间的内外关系及运作规律时，我们任何选择都可能是错误的？

　　精灵：对，起码也是盲目的。

　　粗粮：但是面对这般复杂的事物（或称之为系统），人类能有这般能耐吗？这不是要作许多的预测或者要算许多的卦？

　　精灵：对，我们的讨论似乎接近了命

运的轨迹，想了解命运吗？就必须了解系统的变化规律。"系统论"中有一句名言："在系统中，要想了解系统中的一部分，必须以了解其余的全部为前提。"七十年代以来，科学的强大手段、人类的思维能力已经发展到可以这样做了，尤其是针对重大问题。

　　粗粮：但是随着科学的强大，危险也在增加，这似乎呈正比例，人类是否能解决所有的令人头痛的问题？方法又在哪里？

对
话
篇

后记

谨以本书纪念外祖父于承惠先生。

于承惠先生毕生勤于思索且笔耕不辍，为我们留下了诸多宝贵的精神食粮。其中不乏武学论著、学术论文及大量文艺作品。作为一个晚辈和整理者，将于承惠先生一生积淀凝练而成的文学作品整理出版不仅是完成他的遗愿，更是将他行者的心迹传达给众多热爱他的人。而在其众多的艺术成果中选择率先呈现这部饱含诗性与哲思的作品，是因为它凝结了于承惠先生内在心性和美学思想的灵魂，更流露出一个思想者的心音、一声千古不变的发问！

"水墨涵侠骨，丹青蕴风流。"与我们熟知的形象不同，于承惠先生不仅创传了一门武技，更在哲学层面将美学和体育融会贯通。他对待武学、艺术、哲学孜孜不倦的求知态度和矢志不渝的探索历程足以转变大众对一个武者固有的看法。他欣赏罗丹的雕塑，喜爱庄子的逍遥，感悟老子的哲思。他将手中长剑扔进美学思想的大熔炉里锻造锤炼，换取了自我身心的重塑与升华；他将云游四方时对天地万物的大彻大悟落于笔墨，挥洒出一幅自己心路历程的千里画卷；他将铮铮侠骨与浓浓诗意通过精练、浪漫的文学作品向我们倾心传递……

唯有读懂他的诗，才能意会他的书剑；唯有读懂他的诗，才能走入他的心田。因为那里有独奏的音乐，更有音乐的和弦！

最后，向所有在本书整理出版过程中提供帮助的朋友表示最真挚的感谢！

壬寅年冬月

王博远记于北京

图书在版编目（CIP）数据

孤帆：一个行者的心迹 / 于承惠著. —— 北京：当代世界出版社, 2023.5（2025.4 重印）
ISBN 978-7-5090-1737-1

Ⅰ.①孤… Ⅱ.①于… Ⅲ.①中国文学 – 当代文学 – 作品综合集 Ⅳ.①I217.2

中国国家版本馆CIP数据核字(2023)第072907号

孤帆：一个行者的心迹

作 者：	于承惠
出 版 发 行：	当代世界出版社
地 址：	北京市东城区地安门东大街 70-9 号
邮 箱：	ddsjchubanshe@163.com
编 务 电 话：	（010）83907528
发 行 电 话：	（010）83908410（传真）
	13601274970
	18611107149
	13521909533
经 销：	全国新华书店
印 刷：	廊坊市印艺阁数字科技有限公司
开 本：	880 毫米 × 1230 毫米 1/32
印 张：	6.5
字 数：	70 千字
版 次：	2023 年 5 月第 1 版
印 次：	2025 年 4 月第 2 次
书 号：	ISBN 978-7-5090-1737-1
定 价：	68.00 元